AF341795

LA GUERRE CIVILE EN VERS BURLESQUES.

Suiuant la Copie imprimée

A PARIS,

Chez CLAVDE HVOT, ruë saint Jacques, proche
les Iacobins, au pied de Biche.

M. D. C. XLIX.

Y
15007
A
(4)

LA
GUERRE
CIVILE
EN VERS
BURLESQUES.

Vïsqu'on dit que j'ay l'humeur folle
Puisque mon style est assez drole,
Et qu'aprés le demy sextier
Que d'vn trait je bois tout entier
Resuant comme vn homme d'affaires
A nos politiques mysteres
I'assemble des termes bouffons,
Et m'en sers comme de chiffons
Dans le temps d'vne apres soupée
Pour en bastir vne poupée
Qui ne diuertit que les grands
Et non pas les petits enfans :
Puisqu'en cette sorte d'écrire
Autresfois je vous ay fait rire,

D 2

Faisant

Faiſant pleurer vn Carnaual
Qui ſe plaignoit d'vn Cardinal
A qui je n'ay nul ſoin de plaire
Lecteurs je vous veux ſatisfaire;
Et puiſque je ſuis de loiſir
Donner, & prende du plaiſir.
Je vous veux conter la naiſſance
Non pas des guerres que la France
Fait ſouuent auec ſes voiſins
Qui quelquefois ſont les plus fins,
Et qui jamais n'auront la gloire
D'vne veritable victoire,
Mais de celles ou maintenant
Le pere armé contre l'enfant
Sur vne eſpaule, ou ſur les hanches
Portent tous deux eſcharpes blanches:
Il n'eſt pas juſqu'au Gazetier
Pere, & fils d'vn meſme meſtier,
Dont l'vn à ſaint Germain ne crie
Contre nos bons conuoys de Brie,
Et l'autre en faueur de Paris
Ne face de contraires cris.
Je chante les guerres malines
Que nous appellons inteſtines
Parce qu'elles cauſent des maux
A faire plaindre les boyaux,
Et que dans ſes propres entrailles
Vn pays voit ſes funerailles.
   Le monde encor dans le berceau
Comme vn jeune chien tout nouueau
Ne ſongeoit pas à la fineſſe
D'empeſcher le pain de Goneſſe,

Ny

Ny le colloque de Poyſſi
D'où les bœufs nous venoient icy :
Car alors qu'Adam le bon-homme
Fit collation d'vne pomme
Dont l'auoit prié le ſerpent
Qui depuis eſt touſiours rampant,
Il monſtra bien que l'innocence
L'accompagnoit dans ſa naiſſance ;
Cette innocence toutesfois
Merita la rigueur des loys ;
Et ce grand Maiſtre que l'on prie
Qui n'entend point de raillerie
Le condamna ſeuerement
Comme dit le vieux teſtament.
Noſtre bon Pere deuint ſage
Par ce mauuais apprentiſſage,
Et je croy que ſa femme & luy
Sont en Paradis aujourd'huy.

De ces deux premieres perſonnes
Il en vint quantité de bonnes,
Mais de meſchantes il en vint
Pour vne bonne plus de vint.
Caïn le premier de la race
Fût ſi plein d'envie, & d'audace,
Que viuant en determiné
Il tua ſon frere puiſné.
Et ſçauez-vous bien la querelle
Qui rompit l'amour naturelle
De ces freres qui ſans delit
Pouuoient receuoir dans leur lit
Vne ſeur faute d'autre femme
Ce qui maintenant eſt infame ?

C'eſt

C'eſt que Cain ce gros vilain
Dont l'eſprit fût touſiours malin
Voyoit que d'Abel les oüailles
Eſtoient graſſes comme des cailles,
Et celles de ce fier aſpic
Auoient moins de graiſſe qu'vn pic ;
Tellement qu'vn jour ce prophane
Auec la machoire d'vn aſne
A ſon frere caſſa les dents
Il y a prés de ſix mil ans.
Il pourroit bien dire au Poëte,
Vrayement vous n'eſtes qu'vne beſte,
Car contre qui pouuois-je alors
Faire de barbares efforts,
Que contre mon pere ou ma mere,
Il valoit mieux tuer mon frere.
Mais certes c'eſt vn argument
Digne d'vn mauuais garnement.
Car moy d'vne replique forte
Je le confondrois de la ſorte.
Quoy meſchant hay d'vn châcun
Il n'en faloit tuër pas vn.
    Cependant Abel ſans nul crime
A ſon frere ſert de victime,
Et voila le commencement
De ces guerres ſans fondement.
Si je vous racontois en ſuite
Du fameux peuple Iſraëlite
Les ſeditions, les rumeurs,
Effets de mauuaiſes humeurs
Et tout ce qu'en conte l'hiſtoire
Que l'on eſt obligé de croire,

Je

Je vous ferois pour le certain
Plus long que n'eſt vn jour ſans pain,
Tels qu'aujourd'huy durant ce ſiege
Où l'on nous a tendu le piege
L'on voudroit nous faire ſouffrir,
Mais il faut noblement mourir.
Si je feüilletois auec peine
L'hiſtoire Grecque, & la Romaine
I'entens traduites en François
N'eſtant ny Latin ny Gregeois
Je vous ferois voir de carnage
De brûlement, & de pillage
Plus entre freres, & couſins
Qu'entre les eſtrangers voyſins ;
A cauſe qu'entre les familles
L'on voit touſiours mille caſtilles.
Vous ſçauez comme il en alla
Entre Marius, & Sylla,
Quand ils ſe renuoyoient les teſtes
Comme bales ſur des raqueſtes.
Et que pour gangner de l'argent
Il ne faloit qu'eſtre ſergent
Où bourreau, car ſi dire on l'oze
C'eſt oit lors vne meſme choſe ;
Et meſme en ce ſiecle fameux
Je croy que ce n'en ſont pas deux.
Vous ſçauez bien quels coups d'épée
Donnerent Ceſar, & Pompée
Qui dans les champs theſſaliens
Mirent ſi bien la nape aux chiens.
Tout le monde ſçait que d'Auguſte
Le party n'eſtoit pas trop juſte

Quoy

Quoy qu'il deffit les affaffins
Tant caualiers que fantaffins.
Pour Antoine, & fa Cleopatre,
Se trouue-t'il d'Acariaftre
Qui n'ait quelque compaffion
De leur fidelle affection ?
Je les plains, Dieu me foit en aide
J'en jure par la Calprenede,
Je plains le ferieux Caton,
Et le bien-difant Ciceron
Morts de differente maniere ;
L'vn tendit hors de fa litiere
Le col qu'vn pendart fon client
Luy vint couper tout en riant,
Et l'autre d'vn couteau fans gaine
Se farfoüilla dans la bedaine
Quoy qu'on dit qu'il ne fût pas gras,
Mais au moins voila leur trépas.
Icy le lecteur n'a que faire
Dans vn ftyle extraordinaire
D'examiner feuerement
Lequel mourût premierement
Suffit que felon ma couftume
Je fuiue l'ardeur de ma plume,
Et que pour repaffer les monts
Ie ramentoiue encor les noms
De ces meffieurs dont l'Italie
A veu la fanglante folie
Des Guelphes, & des Gibellins
Riche rime des Gobelins.
De vous parler de l'Angleterre
Dont la Couronne eft cheute à terre

Par

Par vn grand coup de coutelas
Qu'a donné le bourreau Fairfax,
Ie croy qu'il feroit inutile
Ayant le feu dans noftre ville
De prendre garde aux eftrangers
Qui fe moquent de nos dangers.
Ne difcourons que de la France
Qui s'en alloit en decadence
Sans le fecours du Parlement
Le fiege de l'entendement.
    Parlons de ces maudites guerres
Qu'elle fait fur fes propres terres
Au lieu d'attaquer l'Efpagnol
Et fon Archiduc Leopol
Dont la charité m'eft fufpecte
Auec fa Lettre tant honefte
Qu'il efcriuit au Parlement
Qui ne s'y fie nullement.
Ce ne feroient pas des nouuelles
Que de vous parler d'Arteuelles.
Laiffons à part les Maillotins,
Caboche, & mille autres mutins,
Paffons viftement fur la ligue
Qui de corps euft fait vne digue
A Montcontour, où à Coutras
Ou l'on coupoit jambes, & bras,
Laiffons-là la vieille querelle
Pour vne creance nouuelle.
La Rochelle, ny Montauban,
Caftelnaudarry, ny Sedan
Ne me mettent pas fort en peine,
Mais parlons de Paris fur Seine

E

De

De cet vniuers racourcy
La cauſe de tout mon ſoucy ;
Et diſons quelque bonne choſe
Parmy tant de Vers, & de Proſe.
　　Vn Prince qui fût triomphant
Au point qu'il ceſſa d'eſtre enfant,
Et qui remporta de l'eſtude
L'eſprit poly, & le bras rude
Cet heros qu'on nomme Condé
Qui ſans jamais quitter le dé
Plein de la chaleur ordinaire
Que donne le jeu ſanguinaire
A gangné pour les fleurs de lys
Les Maſſes, & les parolis
Fût perſuadé que l'hiſtoire
Ne proſneroit pas bien ſa gloire
S'il n'abbatoit que des Flamans,
Des Eſpagnols, des Allemans,
Qu'il n'y auoit rien que la France
Qui fuſt digne de ſa vaillance
Et qu'il ſeroit vn grand vainqueur
S'il luy pouuoit percer le cœur.
Cet homme ſur qui tant de plumes
Ainſi que marteaux ſur enclumes
Donnent tous les jours tant de coups,
Celuy qui nous traitoit en foux
Encor qu'il ne ſoit pas fort ſage
Ce Cardinal au beau viſage
Mais à l'eſprit laid & malin
Autrement Iules Mazarin
L'amour & l'eſpoir de la France
Mais c'eſt à dire à la potance,

Ce

Ce diable de Sicilien
Qui vaut moins qu'vn Italien
Enpaumant l'efprit du jeune homme
Tel que jamais n'en porta Rome
Jufqu'à l'engager au deffein
De nous faire mourir de faim
En nous oftant pain, & pitance
Dont pourtant j'ay pleine la pance.
Ce qui me fait plus enrager
C'eft de voir Paris affieger
Qu'elle pitié! qu'elle vergogne !
Par des Diables nez en Pologne
Des monftres feptentrionaux
Qu'vn jour je verray bien penaux;
Car ayant pillé les villages
Ils croyoient porter leurs rauages
Jufques dans le cœur de Paris
Ou refte encor quelque louys,
Pour leur épargner donc la peine
D'en faire autant qu'au Bourg la Reyne.
Le Parlement qui n'eft pas fot
A Themis fit prendre le pot
Qui fied mieux dans l'échaffourrée
Qu'vn bonnet à forme quarrée,
Et troqua contre vn jufte au corps
Fourré dedans, & fur les bords,
Sa robe d'hermine doublée
Dont elle eftoit emmitouflée,
Iufqu'à luy donner en foudart
Vn manchon de peau de renard.
L'on trouue qu'elle a bonne mine
Corcelet moitié fur poitrine

E 2

Et

Et l'autre moitié fur le dos
Pour fe garantir d'Atropos,
Et pour mieux luy faire la nique
On luy mit en main vne pique,
D'autres difent vn piftolet
Et d'autres difent vn moufquet ;
Selon la brauache couftume
A la tefte elle mit fa plume,
Et changea fi bien de meftier
Qu'elle prit vn autre mortier,
Ouy la bonne Dame Iuftice
A quitté jufqu'au pain d'épice,
Et ne trouue rien de fi bon
Que le pain de munition,
Le Bourgeois voyant l'equipage
De la Deeffe jufte, & fage
Qu'il cherit, & reuere tant
D'abord en voulut faire autant,
Et d'vne bonne intelligence
Pour fe fauuer de l'indigence
Dont le menaçoit Mazarin
Voulut combatre pour du pain ;
Car du refte de la cuifine
Il ne craignoit pas la famine,
Et mefme fi je l'entens bien
Maintenant il ne craint plus rien.
Il ne parle que de fe batre
Chacun fe fait tenir à quatre
On veut malgré le General
Sortir à pié, ou à cheual,
Et des cohortes ennemies
On en veut faire des rofties.

Il eft

Il eſt vray qu'au commencement
On eſtoit dans l'eſtonnement,
Car le premier jour des vacarmes
Où l'on n'auoit point de gendarmes
Le peuple diſoit tout troublé
Ie ſons pris comme dans vn blé.
Moy meſme qui vous en fais rire
Ne me voyant pas dequoy frire,
Je diſois ſi le pain eſt cher
Le pauure n'en ſçaura maſcher.
Car le riche peu charitable
Ne ſongera que pour ſa table
Et l'vzurier faiſeur de pain
Voudra de l'argent auant main.
Tout le ſecret de mon optique
C'eſtoit de voir vne boutique
Qui produiſit dame Cerez
A trauers baluſtres, & rets ;
Quand j'en voyois vne fermée
Mon ame eſtoit toute alarmée,
Et croyois que le boulangér
Luy meſme n'eut pas à manger.
Peu ſouuent paſſant par la ruë
Quelque pain s'offroit à ma veuë
Mais accompagné comme vn Roy,
Et vous euſſiez dit d'vn conuoy,
Non pas comme celuy qu'on porte
A l'Egliſe d'vne autre ſorte,
Quoy qu'il fût ſacré pour mes mains
Autant que reliques des Saints.
Maintenant ſans aucune garde
Non ſeulement je le regarde,

E 3

Mais

Mais j'en fais craquer ſous mes dents,
Tous les repas pour mes ſix blancs,
Et non pas pour vne piſtolle
Comme dit quelque teſte folle
De ces flateurs de ſaint Germain
Qui deuroient tous creuer de faim.
Acheuons donc noſtre burleſque
D'vn raiſonnement non groteſque
Mais plutoſt fort, & ſerieux :
Qu'allant touſiours de mieux en mieux,
Que groſſiſſant touſiours nos troupes
En mangeant, & vuidant les coupes
Comme on faiſoit au Carnaual
Par diſpenſe du Cardinal,
Et qu'approchant quoy que l'on die
Force pommes de Normandie
Ie ne croy pas que de long-temps
L'on nous face roüiller les dents.

Auec permiſſion de vendre.

F I N.